CB057550

– DA ELOQUÊNCIA DAS LÁPIDES
& OUTROS POEMAS –

Da eloquência das lápides e outros poemas
Copyright © 2016 by Paulo Ouricuri
Copyright © 2016 by Novo Século Editora Ltda.

COORDENAÇÃO EDITORIAL
Vitor Donofrio

AQUISIÇÕES
Cleber Vasconcelos

EDITORIAL
Giovanna Petrólio
João Paulo Putini
Nair Ferraz
Rebeca Lacerda

PREPARAÇÃO
Fernanda Guerriero

DIAGRAMAÇÃO
Giovanna Petrólio

CAPA
Dimitry Uziel

REVISÃO
Bárbara Parente

Texto de acordo com as normas do Novo Acordo Ortográfico da
Língua Portuguesa (1990), em vigor desde 1º de janeiro de 2009.

Dados Internacionais de Catalogação na Publicação (CIP)
Angélica Ilacqua CRB-8/7057

Ouricuri, Paulo
Da eloquência das lápides e outros poemas / Paulo Ouricuri
Barueri, SP: Novo Século Editora, 2016.

1. Poesia brasileira I. Título

16-1129

CDD 869.1

Índice para catálogo sistemático:
1. Poesia brasileira 869.1

NOVO SÉCULO EDITORA LTDA.
Alameda Araguaia, 2190 – Bloco A – 11º andar – Conjunto 1111
CEP 06455-000 – Alphaville Industrial, Barueri – SP – Brasil
Tel.: (11) 3699-7107 | Fax: (11) 3699-7323
www.novoseculo.com.br | atendimento@novoseculo.com.br

novo século®

DA ELOQUÊNCIA DAS LÁPIDES

&

OUTROS POEMAS

PAULO OURICURI

TALENTOS DA LITERATURA BRASILEIRA

novo século®

São Paulo, 2016

Dedico estas páginas à minha família, aos meus amigos, ao Colégio de São Bento (onde estudei) e aos poetas Mário Faustino (1930-1962) e Alberto da Cunha Melo (1942-2007), cujas obras inspiraram vários poemas deste livro.

Prefácio

Por que poesia? Cecília Meirelles responde em versos: "Mas a vida, a vida, a vida,/ a vida só é possível/reinventada".

Este livro foi dividido em três capítulos. Três esferas que representam estratos distintos da experiência humana: a esfera íntima (o poeta e seu mundo interior), a esfera social (o poeta em contato com a sociedade) e a esfera espiritual (o poeta e a sua relação com a Divindade, sob a perspectiva cristã). Não obstante, as três esferas não são excludentes, e se interpenetram. Na obra, elas serviram basicamente como critério para organização dos poemas.

Os poemas seguem por veredas entrecortadas por percepções variadas, assumindo multímodas formas. O leitor atento perceberá a influência dos poetas Mário Faustino (1930/1962) e Alberto da Cunha Melo (1942/2007), pelo estilo de muitas composições.

Particularmente de Alberto da Cunha Melo, percebe-se sua nítida influência nas "retrancas" (forma fixa de poetar por ele criada, com onze versos octassílabos, divididos em quatro estrofes com quatro, dois, três e dois versos respectivamente, geralmente com um par de rimas em cada estrofe), além das renkas, forma poética japonesa que repete os dísticos finais da estrofe precedente na seguinte.

Outros grandes expoentes da poesia em língua portuguesa também serviram de inspiração, como Drummond, Manuel Bandeira, Fernando Pessoa e Camões. Personalidades são homenageadas em poemas, além do filme "Casablanca" e o livro "Os irmãos Karamazov", de Fiódor Dostoiévski.

Para que poesia? Novamente Cecília Meirelles: "E por perder-me é que vão me lembrando/por desfolhar-me é que não tenho fim". Bons versos nos tornam melhores do que éramos antes de os ler.

— Esfera íntima —

Login

Preciso do *login*
Para ser eu mesmo
Alguém está me sendo
No meu lugar

Preciso do *login*
Para descrer eu mesmo
Alguém está me descrendo
Antes de mim

Preciso da senha
Para ser assim
Eu mesmo me sendo
Outro, enfim

Desfazer-se

A cada poema que faço
Me disfarço
Em alguém que sou
De alguma forma
Que não sei

No corpo do poema
Desfaço
(Ou novamente fracasso)
Cada passo
Onde andei

Ao final do processo
Fica no papel
O verso
E confesso
Deixo de ser como fui
Permaneço sendo quem me foi

Quando pude ser eu mesmo, já era tarde

Quando pude ser eu mesmo, já era tarde
Mentiram-me todas as cartomantes
Não havia festas nos lupanares
Fulguravam punhais nos olhares
Floriam lâminas nos lábios das amantes
Quando pude ser eu mesmo, sobrava pouco
Apenas me restava o trono de um reino
Sem lei, sem rei, sem grei, sem frei, sem ouro
Com títulos de nobreza sem nobres a disputá-los
Sem Saladinos, Ricardos e outros paladinos
Quando pude ser eu mesmo, já não era possível
A embriaguez da juventude
A sobriedade da velhice
A serenidade dos faquires
A viuvez de qualquer saudade
Quando pude ser eu mesmo, já era outro

Séculos de certezas tinham desabado

Estavam secas as minhas vontades

Estavam ocas as minhas verdades

Não me serviam os frutos do meu arado

Quando pude ser eu mesmo, não mais me queriam

Outros se lambuzavam nos meus destinos possíveis

Outros me foram e tornaram-se pais dos filhos que eu teria

Outros estavam nas alcovas que seriam minhas

Muitos eram o que eu deveria ter sido

Quando pude ser eu mesmo, não adiantava mais sê-lo

Nem Cícero empolgaria minha biografia

Minha lápide teria apenas meu nome

Não havia suado por nenhum feito

Não havia sangrado por nenhuma causa

Não havia ousado por nenhum afeto

Quando pude ser eu mesmo, não mais seria eu mesmo...

De qual certeza nasceu esta desgraça?

De qual certeza nasceu esta desgraça

Sólida, certa e irreversível

Quais enganos, quais premissas, quais desenganos

Foram fiéis à tão cristalina percepção do irreal?

De qual certeza nasceu esta desgraça

Quantos monturos foram acumulados

Na mente de quem a concebeu?

Quantos testemunhos de ignorância foram lidos

Quantas horas foram inconscientemente desperdiçadas

Na sua urdidura?

De qual certeza nasceu esta desgraça

Qual ciranda de frustrações e ressentimentos

Coreografou as calamidades que a antecederam?

Quais ódios a acalentaram

Quantas nobrezas foram sacrificadas

Na guilhotina da vingança

Para que nada e ninguém se opusessem no momento fatal?

De qual certeza nasceu esta desgraça

Quais sentimentos escondidos nos esquecimentos

Aconselharam tal desfecho?

Quais serpentes escondidas no fundo da vida

Engendraram tal tragédia?

De qual certeza nasceu esta desgraça

Qual foi o santo padroeiro que se descuidou

Qual foi o anjo que não alertou

Qual foi o demônio que se aproveitou

Desta rapsódia de imprudências?

De qual certeza nasceu esta desgraça?

De qual desgraça nasceu esta certeza?

De qual certeza nasceu toda esta incerteza?

De qual desgraça nasceu esta outra desgraça?

Manifesto do silêncio

Arrependo-me mais do que falei
Do que do que calei
Doeram-me mais minhas falas
Do que meus silêncios

Ah, quantas vezes não fiquei lamentando
Em meu ateliê de angústias
O que eu disse sem pensar
O que eu falei sem querer
Ou que pensei para dizer
E que acabaram me deixando
Com um buquê de pesares
Na consciência

Confesso com a potência de mil medos
Que hoje apenas falo
No meio de um arvoredo de reticências
Que querem calar
O que já está gritado sem segredos

Se fosse possível eliminar
Toda essa vergonha num golpe de espada
Se fosse possível arrebentar
O redil de receios que tem morada cativa
No imo do meu firmamento
Toda a topografia do abatimento
Que agora sinto, e não quer mais se findar
Esse mal-estar, esse estranhamento
Súbito acabaria numa catarse
Como se nunca houvesse um dia existido
Essa ânsia de calar tudo o que me ponho a falar

Como eu queria que soubessem
Que as minhas falas são
Apenas rascunhos dizendo
O que eu não falei

Consola-me saber que
Na memória do mundo
Tudo o que eu disse
Há de ficar gravado
Na lápide da insignificância

Túneis da madrugada

que quanto menos dorme
quanto menos sono há,
João Cabral de Melo Neto

Dissipei descansos e sonhos
Sonambulando melancolias
Pretérito imperfeito no presente insatisfeito
Preso num túnel que não alcança o sono
A luz no seu fim parece
O dia seguinte invadindo
O dia anterior

Quando os improváveis se encontram

Quando os improváveis se encontram e costuram as realidades
Não percebidas no horizonte dos cotidianos possíveis
O sentido inverossímil da morte antecipada ao momento expectável
A necessidade de permanecer existindo além do já consumado
Que consome o porvir na esperança despedaçada de encontrar
A porta que retorna ao passado, melodia que ecoa além do som
E permite que sejam ouvidas palavras eternamente não ditas
A despedida que não houve é a única verdadeira
É punhal que sangra antes de atingir a carne
O mito que não é mentira, a mentira que é verdade
O silêncio que brada entre ruídos desconexos

Desejos descompassados com a sobriedade

A exigência de arquitetar um verso que sustente

O sossego acossado pelos subterrâneos

Do desespero que o finge

Xeque-mate

Nesta esgrima de segredos
Ritual lento e letal
O atrevimento do silêncio
É a véspera do fatal
Xeque-mate

O silêncio entrega a rainha
Encarcera bispos nas torres
Cavaleiros se rendem a peões
Todas as peças são reféns
Da indiscrição do silêncio

Por mais que o rei
Desista da derrota
A derrota não mais
Desistirá dele

Licença poética

Poucas coisas
Prescindem do carimbo
Do Governo
Respirar
Amar
E versejar
É praticamente tudo
Que podemos fazer
Sem pagar
Tributos

Não é necessário
Subornar
Ninguém com rimas
Mas é preciso olhar
Profundamente
Apaixonadamente

Nas pupilas das palavras
Apaziguar suas intrigas
Compreender suas beligerâncias
E caprichos
Rejuvenescer
Palavras esquecidas
Para se começar
A fazer versos

Com a diplomacia das rimas
Mirar miríades de sutilezas
E na sensaboria
Do cotidiano
Com a lente
Da alquimia
Desnudar
A poesia

Enquanto não se tributar
O ócio
Enquanto não se regulamentar
A rima
Enquanto não se criar
O Ministério da Prosa e do Lirismo

Com suas burocracias

Esparramadas em decretos

Com suas Repartições

E Secretarias

Continuarei versejando

Não sei mais como desmoronar

Não sei mais como desmoronar
Esta distância construída tijolo a tijolo
Formou-se um dique para acumular
Mágoas sentidas com mágoas fingidas
Raivas quase verdadeiras que engordam
De afrontas verdadeiramente falsas
Tudo o que me aflige agora é só esse dique
E esta distância tão próxima a tudo
Tão seca, tão serena, tão certa

Cogitações sobre a tristeza e a alegria

A alegria, polpa da beleza
Esplende e faz da noite dia
Porém, a adaga da tristeza
Amansa as garras da alegria

E a alegria, essa fera presa
Tenta sair da areia movediça
Que encharca o solo da tristeza
Tirana que a todos cobiça

De vez em quando, a alegria escapa
Traz seus momentos de euforia
E vem a tristeza no tapa
Afastar de novo a alegria

Neste pêndulo desigual
No qual a tristeza é mais forte

Se espera o instante acidental
Quando a alegria ganha na sorte

Mas uma contradição insiste
Confunde as emoções da gente
Vê-se muito o contente triste
E também o triste contente

Do contentar-se de tristeza
Ao entristecer-se de alegria
Antes a alegria da tristeza
Do que a tristeza da alegria

Veja a vileza da vingança
Que é das alegrias a mais triste
Sinta a saudade que balança
Tristeza mais feliz que existe

Tem-se ainda a aporia da esperança
Com pés na tristeza, e feliz
E a fofoca que não descansa
Que contentamento infeliz!

O mesmo se diga da troça
A alegria que sempre embaraça
No prazer há o pesar que acossa
Quem na aflição do outro acha graça

Pense na solidariedade
Que é triste pela dor de alguém
Mas basta se doar amizade
E a alegria de todos se tem

Se um conselho pode ser dado
Após tudo o que se enuncia
Veja na tristeza o bom lado
Guarde na alegria só alegria

Perseverança

Se as forças todas do mundo
Dardejarem no seu anelo
Não tenha medo em querê-lo
Se ele for justo e fecundo

Tenha fé em cada segundo
Passará o forte flagelo
Nem mesmo o pior pesadelo
Destrói o desejo mais fundo

Não exagere no esforço
Siga o fio da temperança
Não traga o mundo no dorso

Guarde consigo a esperança
Mais hábil que um grande esforço
É a longa perseverança

Sugestões da sombra

São muitas as sugestões da sombra
Nela nasceram todas as mitologias
Habitam-na os ciclopes, os centauros
Também outros seres fantásticos
Além de todos os naipes do medo
Todos os blefes dos segredos
E ainda os alvos inacessíveis aos oráculos
Mas dispensaria todas as formas das sombras
Todas as suas possibilidades de acontecimento
Todas as suas imaginosas presenças
Para me maravilhar no derradeiro ópio
Da melodia fatal das sereias

Quero o verso pungente

Quero o verso pungente, inesperado
Seco e direto
Que arrebate o impensado
Nas criptas improváveis do alfabeto

Quero o verso certeiro e ressonante
Adágio latino recém-descoberto
Antiga verdade vicejante
Que despertou por motivo incerto

Quero o verso enérgico e sereno
Que reanime a esperança que jaz
Tal qual o Lázaro que o Nazareno
Ressuscitou para viver mais

Quero o verso desbravador e empolgante
Decifrando a lua que aos poetas intriga

E que o seu apodíctico semblante
Tenha no mistério a sua viga

Quero o verso epífano, impaciente
Que rebentou antes do tempo devido
Mesmo sem ter visto, pressente
Como se aos pósteros fosse dirigido

Quero o verso plástico e curto
Longo no conteúdo e na glória
Rápido como um furto
Eterno na memória

Era um paletó de defunto[1]

Era um paletó de defunto
Tinha as medidas da esperança
Tanto esperou, que em desespero
Teve em um tango a última dança

A última, numa multidão
De dias de dança em solidão

A expectativa da chegada
De um momento muito esperado
Que nunca chegou na virada

De um ano para o seguinte ano
Até que um dia mudou-se o plano

1 As retrancas deste livro, como esta, foram feitas em homenagem ao poeta Alberto da Cunha Melo, que criou esta forma de versejar.

Autópsia

A coragem escalpelada
Por um coice da realidade

Os planos estilhaçados
Um coito interrompido

O sêmen escorrendo
Em solo infértil

A memória da glória
Que não aconteceu

Frustrações pubescendo
Na autópsia da esperança

Ontem deixei na vértebra de um verso

Ontem deixei na vértebra de um verso
Um pequeno momento de alegria
Lá o deixei tal qual bebê no berço
Para vê-lo de novo noutro dia

Não era exatamente um verso terso
Mas grafava um levante, uma alforria
Minha libertação de um deus perverso
Quando de novo fui lê-lo, a ironia

Tinha as mesmas palavras, e não era
O mesmo verso de antes que eu fizera
Um verso igual, porém soava às avessas

Tornou-se outro usando as mesmas peças
Disse-me: "O que lês é o que tu confessas
A tua alegria foi só uma quimera"

No intervalo de duas tristezas

No intervalo de duas tristezas
Está a alegria que já partiu

No intervalo de duas tristezas
Está a alegria que já partiu
E alimenta toda a impaciência
De ter de volta essa fugaz
Sensação que não mais se tem

De ter de volta essa fugaz
Sensação que não mais se tem
De brevidade em brevidade
Simula-se quase perfeita
Imitação da permanência

Simula-se quase perfeita
Imitação da permanência

Porém, no fim sempre se volta
Para o encontro de duas tristezas
De onde se apressa a alegria finda

Para o encontro de duas tristezas
De onde se apressa a alegria finda

A sabotagem

Tinha tudo para ser mais
Outro dia cinza. Uma sirene
Berrou logo cedo e acordou-o
Antes da hora. Na sua higiene
Cortou-se ao fazer a barba

Ônibus lotado, mas achou
Lugar vazio. Fez-se de cego
Às senhoras ávidas para
Herdar a sua soberania
Sobre o assento. Regalia rara

Na volta do seu trabalho, uma
Menina entrou no coletivo
A sua flauta transformou os ares
De chumbo em pétalas de rosas
A pelugem da lembrança deste
Dia arrepiara-se para sempre

Deitou-se. Estava alegremente
Desapontado. Então buscou
Do início do leste ao fim do oeste
Deste dia a raiz da ausência ardente
De algo que se esqueceu de ser

Encontrou. O único e fatal
Senão. Tinha a marcial certeza
Que cometera um refinado
E grave pecado mortal

O caroço da decepção
Foi sabotar uma tristeza

Fresta

Minha vida está coberta de horas inúteis
São telhas que completam o telhado
Para evitar que gotejem em mim
As águas das nuvens mais saborosas

As artérias do escuro debaixo deste teto
Têm sangue onde fervilham frustrações
Na parede, uma pintura de Munch
Além da moldura, o grito quieto me esmurra

Talvez uma desatenção do destino
Permita passar algum dia uma réstia de sol
E eu, que pensei ter nascido para ser maior do que sou,
Poderei ver a testemunha muda do que eu poderia ter sido

Soneto inglês em redondilha maior

Não sou raiva ou simpatia
Não sou o perdão nem a mágoa
Sou simplesmente a apatia
Que de repente deságua

Sem flâmulas e sem haste
Pendurada em algum nada
No alto, tremulo o contraste
De ser e não ser finada

Sou quem de tanto sofrer
Do sofrimento fez gosto
Não tendo qualquer querer
Quis pelejar pelo posto

Onde tudo está comigo
No nada que agora abrigo

O perdão

Ontem enterrei um ódio
No cafundó do esquecimento
Joguei fora o mapa
Que me amarraria de novo
Neste cacto

Mas a flor que nasceu
No lugar que me esqueci de onde fica
Borrifou um aroma quase invencível
Na várzea das lembranças

O odor de peixe podre
Dissipou-se tão somente
Quando foram desenterrados
Do fundo do meu orgulho
Polens de intolerância
Que ainda me mantinham
Sob a jurisdição do ressentimento

Basílicas romanas

Neste mundo de vaidades caudalosas

Um suspiro mal dado basta

Para tilintar a pólvora da fúria

Ontem vi alguém desperdiçar

Uma oportunidade de ódio

Eis uma leveza que sozinha sustenta

Todas as Basílicas romanas

Festa junina

Quando pequeno, tinha uma tristeza
E não cabia nas festas juninas
Aquelas músicas, aquelas danças
Eram-me fluentes como o mandarim

Hoje meu filho
Brincou numa festa junina
Minha estranheza de ontem
No mesmo vitral do agora
Ruflando
No varal das saudades

Diálogos de fumaça

Uma inspiração procura um poema
Esqueleto sem corpo
Espera um verso que lhe faça
A primeira comunhão
Um poeta mediunicamente alerta
Fogos que se respondem
Diálogos de fumaça no ar
Momentos que respiram séculos
De cantos gregorianos

O garimpo

A insônia que protege
Do pesadelo

Um colibri de asas decepadas
Preso numa redoma de enigmas

O medo tatuado na pele
É o atalho para a solidão

No fim, esquivou-se de um prestígio
Como quem garimpa o anonimato

A tabuada

Sou um músico desalfabetizado em partituras
Sou um maltrapilho dentre dândis
Um harém de perplexidades
É a polpa que me habita

Nunca mais acreditei no mundo
Desde que desacreditei nos contos de fadas

A única certeza
É a tabuada

Carta a meu filho
(para ser lida após minha morte)

Filho, perdoa-me se não me reconheço em tuas memórias

Vestiram-me com propósitos alheios

O desencontro de nossos mundos, o encontro de nossas
discordâncias

O desenlace de nossas expectativas

Tudo se congregou para nosso afastamento

Cada castelo tem seus próprios fantasmas

Queria abreviar teus caminhos e os alonguei

Queria evitar que temesses o que não havia de ser temido

E te criei maiores temores

Queria que temesses o que deveria ser temido

E te tornei provocador

Quando me conheceste, já tinha sido alguém que achei
que tu nunca serias

Quando me conheceste, sabias que eu era alguém que já
não conhecia
Na tirania de meu mundo, tornei-me acostumado
Na liberdade de tua imprevidência, tornei-me tirano
Na tirania de teus caprichos, tornaste-me irresoluto
Como solução de tudo, tornamo-nos resignados

Afinal, o que resta é sempre uma solução

Mas já que sobrevives a mim
Deixo-te um último conselho

É sadio ressuscitar incertezas

Adiar

Adiarei o ontem
Para algum dia em que esteja pronto
Para suportá-lo

Resistirei ao destino
Numa trincheira de versos ferinos
Atacarei suas falanges com baionetas de rimas
E no meio desta insanidade domesticada
Um clarão de sanidade cauterizará minhas feridas

Estarei sem reforços
Os bárbaros não virão
Pasárgada é muito longe
Não há corvos por perto

Quiçá na batalha eu ouça algum dos badalos da intuição
E faça uma ponte improvável para o porvir

Quiçá eu encontre os alicerces de um blefe irresistível
Que retire o cetro da mão do irreversível
Quiçá desta vez eu veja a fragrância do óbvio
Que me arrebatará da estância da impotência

Se nada disto acontecer
Esconder-me-ei na sesmaria da rotina
Como um centurião refugiado
Lá ficarei de tocaia
Esperando o dia em que o ontem
Seja apenas mais um fóssil
Debaixo de toneladas de passado

Esquecimento

Fui esquecido
No limiar do ontem

Pertenço ao passado
Para sempre

Reciclo os dias revividos
Nesta fratura da eternidade

A variação de meus comportamentos
Sempre leva ao mesmo epílogo

Continuo preso no ontem
E ele é igual de diversas formas

Sublevações do tempo

O tempo se dá à medida que se retira
E tudo o que nele se deu um dia
Noutro se tira
Quando quase tudo se torna quase nada

Se foi muito agora é pouco
Se foi rumo agora é ruína
Se foi mar agora é deserto

E toda a simpatia que
Saltando de susto em susto
Fossilizou-se em ressentimento
Ou hostilizou-se sem lamento

Se foi fato agora é ficto
Se foi amor agora é ódio

Resumo do infinito

O infinito
Encerra-se em oito letras
E nunca acaba

Um poema
Encerra-se com alguns versos
E resume o universo

A poesia
Abre a porta do infinito
Enxágua palavras gastas
Devolve-as ao papel
A flor nasce pelas pétalas

Da sombra fez-se a abóboda da Capela Sistina
Da cicatriz faz-se o renascimento da saúde
Da sede far-se-á a maquete do infinito

Desastre predileto

Há ousadias que apenas
Palavras perpetram

Há oportunidades que somente
Os corpos entendem

Há compridas verdades
No fogo-fátuo de um relance

Há compromissos talhados para
A tentação da desobediência

Nos destinos que se oferecem
Prevalece o desastre predileto

A interseção de nossas coragens
É o que devemos temer

O poema interrompido pelo meio

O poema interrompido pelo meio
É vontade que morreu antes de nascer
Sequer é natimorto. Não teve parto
Um morto que não foi cadáver
E sem vermes a corroê-lo
O poema interrompido pelo meio
Não ganha as asas da borboleta
Quando estoura o casulo
Não voltará a ser lagarta
Nem isso conseguiu ser
O poema interrompido pelo meio
É uma dívida do poeta que não foi paga
É uma dúvida do homem que não foi acesa
É a pira apagada antes do fim dos Jogos
O poema interrompido pelo meio
É o rio que seca na jusante

Antes de chegar ao estuário

O poema interrompido pelo meio

Não mereceu as exéquias devidas

Pela sua imortalidade

O poema interrompido pelo meio

É profecia que, quando acontecer,

Estará ainda na espera de ser profetizada

O poema interrompido pelo meio

Enfrentou Minotauros em labirintos de espelho

Ficou insepulto, respirando a frustração de não ser poema

O poema interrompido pelo meio

É a inspiração sufocada no sangue da perplexidade

Nunca existirá, mas é realidade

O poema interrompido pelo meio

É o medo aprendido apenas até a metade

Não despeja solo para as raízes da coragem

Mais temido por ser penumbra, não imagem

Seu aborto badala na permanência, não na miragem

O poema interrompido pelo meio

É *O Grande Inquisidor* de Ivan Karamázov

É o poema que devora seu autor

Sombras da poesia

I
No imo de um verso
No cimo do papel
Um enigma
Transcende e traspassa
O poeta

Versos são estalactites
Amarguras putrefeitas na tinta

O poema é um salão de espelhos
Uma valsa de sombras
Para lê-lo
É preciso ter olhos de inseto

II

A poesia é o cisne
Esgotado no
Tisne da tosse
Do tísico

Sendo tisne
É resto
Foi soma
É saldo
Do assombro

Ser saudade sem ter sido saudoso
Será a penitência do poema

Ser lembrança sem ter tido agora
Será o devaneio do poema

Ser consolo sem ser evangelho
Sacrifício sem redenção
Eis o calvário do poema

III

No poema, a caligrafia

Duma carta nascida

No exílio

Nos seus versos, o vaso

Da lótus que testemunhou

O martírio

O poema é fagulha

Acende-se em poesia

Ao surpreender um átomo

De uma fração ín-

fima de uma das in-

finitas circunstâncias

que compõem uma

Brevidade

IV

A cruz do poeta

É permanecer em

Estado de lucidez
Enquanto atiça
A derrocada
De suas máscaras

O móbil do poeta
É desaprender as extravagâncias
Do cotidiano
Seguir o fio de Ariadne
Para despojar-se das
Mobílias

Sua pena sublima o ar
Fugitivo
Do clima do cume
Da depressão
Onde a existência
É rarefeita

Não há sorrisos suficientes,
É preciso racioná-los
Durante a longa
Sobrevivência

V

O poeta é um inventador de passados
Sementes que sofreram
Para não nascer

Seus versos desocultam
Os espectros das esquinas
Os aspectos dos estranhos
O sol que drena a luz
E a frieza do fogo
Indiferente ao carvão

O poeta é um náufrago
Agarrado ao inalcançável
Degusta um café frio
Com farelos de bolo

O frasco de sua lavanda
Sua pasta de dente
O creme de barbear

Estão vazios

Versos sem rima e rumo

VI
O poeta tentou
Apagar a escuridão
Nas próprias cinzas

Preencheu as insônias
Redescobrindo seus versos
Em dilemas

Sua morte precipitada
Selou a safra
De uma vida imprevidente
Sobreviveu no espaço
Dos versos onde desperdiçou
Suas parcas esperanças
Suas porcas palavras

– Esfera social –

Aquário seco

A rede lançada ao mar
Trouxe mágoas nos sargaços
Nas bocas dos peixes
Restos de mortes e cansaços
De nadar do nada para o nada
Tudo descansava na orla
Tudo lamentava o
Último fiasco
Dos peixes que pulavam
Sem a gravidade
Do mar
Como se estivessem
Num aquário seco

Eram peixes, eram
Canários às avessas
Afogando-se
Na
Areia

A máquina de fazer poesia

Um dia ainda inventarão uma
Máquina de fazer poesia que
Encontrará no óleo de suas engrenagens

Uma cartilha onde repouse
A perplexidade de tudo que ainda não tem
Perplexidade em idioma algum

Uma palavra-camaleão
Que sempre poderá ser usada quando
Faltarem palavras possíveis

Uma forma de calcular o mundo que
Ejacule o algoritmo de uma lágrima
E a raiz quadrada de um espanto

Uma forma de sentir luto
Sem nada poder sentir
Sem nunca poder morrer

(Parece que já a inventaram)

Mapa astral

No Zodíaco se entrincheiram
As relutâncias do destino
Astros que bradam suas veemências no páramo
Contra seres ínfimos num planeta desimportante
Seremos o determinado
Pelas circunstâncias do nascimento
Pelas implicâncias do firmamento
Pelas intolerâncias do alinhamento
Dos planetas e estrelas aliados
No propósito marcial
De martirizar
Marionetes

A lenha

O escândalo que causa
A violência alheia
Fermenta a volúpia
Por mais violência

A lascívia por uma redenção
Através da violência que haveria de calar
Outra violência

Como se o silêncio pudesse sair vitorioso
Da reunião das estridências
De um grito maior com um grito menor

Como conter esse fogo
Que usa a própria água
Como lenha?

A mentira na retranca

Falta tempo para ser breve
Quando se quer dizer verdades
Mas sobra tempo a quem prescreve
Uma mentira entusiasmada

Todos babam solenemente
Na atroz ousadia de quem mente

O mundo se ajoelha à mentira
Das fofocas e dos políticos
E dos jornais ela transpira

Mas eis o impostor sem sorrir
Pois vendeu o prazer de mentir

Fim de papo

Mesa de chopes, todos juntos
Piadas contadas sem parar
Às moças que passam, olhares
Ao amigo que chega, brindar

Mas logo se encerra a noitada
Nova fofoca a ser contada

Se esconde nela a sordidez
De um que é um aqui, outro ali
Várias faces numa só tez

Pior que a inimizade sabida
É a tal amizade mentida

Ignorâncias íntimas I

Das muitas pátrias que eu não tenho
Das muitas línguas que eu não falo
Nesses fonemas que eu desdenho
Vivem respostas onde eu calo

Desperdiço muitas nações
Seus folclores e tradições

Mesmo da nação portuguesa
A mãe da última flor do Lácio
Que me mestiçou com certeza

Paira além das pretensões
A imensidade de Camões

Ignorâncias íntimas II

A nossa pátria brasileira
Terra onde nasci, cresci e vivo
Conheço dela pouca poeira
Sou seu filho quase bastardo

Deste país de todas as cores
Mal vejo o palco de suas dores

Mas se eu fosse Lima Barreto
Nossas entranhas e mazelas
Contá-las-ia em prosa e sonetos

Mas como exclamar o Brasil
Pátria-esfinge que me pariu?

Ignorâncias íntimas III

Se eu tivesse fração do gênio
Raro do Bruno Tolentino
Cantaria *urbi et orbi* ousando
Tersos versos alexandrinos

(A infausta sorte de Canudos
Foi que Euclides não os deixou mudos)

Porém a musa me soprou
O óbvio ululante num ouvido
Nelson Rodrigues ensinou

Clareza mais solar que o sol
É o Brasil! Somos futebol!

Poema morto[2]

Da mesma forma que Napoleão
Morreu com seu Waterloo
O brasileiro nasce com seu Maracanaço
Tatuado no carma

Pecado original que sobrevive ao batismo
Tragédia do país do futuro que não chega
Novo círculo no inferno da Divina Comédia

Nesse trópico em que não há inverno
Com neve para temperar o calor
Que fermenta essa república de ódios

---

2 Primeiramente denominado "Waterloo tupiniquim", visto que redigido antes da Copa de 2014.

E tiranetes, e autoritarismos e mortes sem fim
As certezas são muitas e todos são vítimas
Das flechas de retóricas ocas

Cabral! Dê meia-volta nas caravelas!
Aqui brotarão senzalas e favelas!
Há muita culpa e poucos ombros para suportá-las

Mas temos, como diria Bandeira, uma história
Que podia ter sido e que não foi
Dúbia como os propósitos do corneteiro Lopes

Temos também Afrodites esquálidas e mulatas
voluptuosas
Respiramos o pulmão do mundo, afogados em florestas
de pedra
Carnaval e sangue, derramados na mesma passarela

Sem bússola e sem relógio, vagamos em multidões no
deserto
Atônitos e eufóricos, continuamos a contemplar
A apoteose do medo escoltada pelas alegorias da
impotência

Já culpamos a culpa católica

Já culpamos a espoliação histórica

Já não sabemos mais a quem culpar

Mas se o Barbosa tivesse defendido aquela bola...

Tributo ao eterno 7
parte I

A fantasia dribla os próprios versos que a exaltam
No coração ela se espraia, como a boiada que acaricia
o pasto
Meus olhos não o viram
As imagens apenas resgataram as sombras
Mas o que viu a TV?
Por ela perdeu-se o melhor do mundo
Alguém viu no Jornal Nacional o mar se abrir para Moisés?
A morte de Júlio César?
A queda da Bastilha?
Não, os mais importantes momentos da humanidade não
foram vistos
Para mim, seu futebol é um poema épico que aconteceu
E que ainda se declama de boca em boca
Assim, reverencio-o pelo que é sagrado
O testemunho de meu pai

Tributo ao eterno 7
parte II

Pernas tortas e um mesmo drible
A imprevisibilidade
Do totalmente previsível
Na torcida, a incredulidade

No que os próprios olhos viam
Riam-se dos beques que sofriam

Mas os sortilégios da fama
Puniram o Chaplin dos campos
Que desceu do estrelato à lama

E igual a um Édipo moderno
Viveu a fúria de dois infernos

Luzes da ribalta

Tal qual dos Anjos para os anjos
Fingindo ser Pessoa e Drummond
Rimando ou não, sempre encantava
Até que um dia perdeu o dom

Como, sem se ouvir qualquer urro
O boxeador perdesse o murro

Escalava estrelas do chão
Tecia amanheceres de noite
Hoje pega a caneta em vão

Não faz mais um verso que valha
Perde a mão, mas fica a batalha

Houdini

Nos seus truques, ele invadia
Esconderijos do impossível
Assustava e maravilhava
Tornava o milagre possível

Sempre escapava dos perigos
Atrasando os planos da morte

Humilhava qualquer cadeado
Mais qualquer um que o desafiasse
E a morte mandava recado

Até conseguir o buscar
Temendo de novo falhar

Casablanca

No melhor bar de Casablanca
Ele esbanjava solidão
Lindas mulheres desprezadas
Devido à proibida canção

A guerra, a corrupção, o poder
Muitos mistérios a esconder

Um dia a beleza escandinava
Vem bater de novo em sua porta
Veio com um amor que não amava

Mas o que passou está no sempre
Prendam os suspeitos de sempre

Os irmãos Karamázov

Quase um evangelho em chão russo
Fina essência da humanidade
O amor e o desamor filial
A fé e o diabo na enfermidade

Os três que eram quatro afinal
Diferentes em sangue igual

Um deles era a santidade
Outro deles, o ceticismo
O mais velho, fogosidade

E o filho bastardo, assassino
De seu próprio pai libertino

Civilização das formigas

A civilização das formigas de hoje
É a mesma civilização de séculos

A civilização das formigas de hoje
É a mesma civilização de séculos
Antes que se soubesse do homem
Antes que o homem tivesse
Qualquer tipo de civilização

Antes que o homem tivesse
Qualquer tipo de civilização
As formigas já trabalhavam
Na ordem social das formigas
Sem greves nem reclamações

Na ordem social das formigas
Sem greves nem reclamações

As formigas são solidárias
Cada formiga faz seu trabalho
O trabalho a todos sustenta

Cada formiga faz seu trabalho
O trabalho a todos sustenta
Mas não há condecorações
Cada formiga vive para trabalhar
A recompensa é a sobrevivência

Cada formiga vive para trabalhar
A recompensa é a sobrevivência
Não há artes, não há esportes
Não é possível um Beethoven
Não é possível um Rilke ou Pelé

Não é possível um Beethoven
Não é possível um Rilke ou Pelé
Não há intrigas ou fofocas
Não há invejas ou maledicências
Não há revoluções possíveis

Não há invejas ou maledicências
Não há revoluções possíveis

Filosofia de formigas não há
A formiga é simplesmente formiga
Não há progresso que lhes falte

A formiga é simplesmente formiga
Não há progresso que lhes falte
Tudo continuará sempre sendo
A mesma comunidade de formigas
Sem nenhum conflito social

A mesma comunidade de formigas
Sem nenhum conflito social
É civilização que conserva as suas tradições
Civilização que pode ser aniquilada
Por um homem civilizado

Civilização que pode ser aniquilada
Por um homem civilizado
E não haverá um só túmulo
Não haverá uma só paróquia
Para se rezar pelas formigas mortas

Não haverá uma só paróquia
Para se rezar pelas formigas mortas

O conhaque

O mundo lança contra a agonia

Granadas de ironias e certezas

A lucidez é o malabarismo

Em cima de insanidades várias

A loucura é só o eufemismo

Para quem tem pouco

Conhaque no sangue

Soneto do cafajeste

Fiz mesuras a inúmeros biltres
Fingi não sentir a náusea que nunca tive
Diligentemente, irriguei espigas de vaidade e
Lancei rajadas de discursos para sepultar dignidades

Transitava de um inferno a outro pisando em brasas
Em cima de tapetes vermelhos que me abriam
Apunhalei comparsas quando a malícia me piscava
Menosprezei as imprecações de seus cadáveres

Construí uma mansão sobre instável arquitetura de lealdades
Dedicaram-me rasgados elogios que só se tributam aos
mortos
Enquanto me golpeavam vivos que ressuscitavam

Equilibrei-me o quanto pude no trapézio das cabalas, mas
Quando notei, estava imóvel diante de um muro de astúcias
Despido do sudário que vestia minhas vergonhas

Oficina de desumanidades

Tudo o que é dito ou pensado
Está numa masmorra de mentiras
Palavras que sufocam palavras
Bondades que sufocam a bondade
Jazem aqui as verdades não adestradas
As evidências desprevenidas estão mortas
O real está além do arame farpado
E o clube não aceita os que sangram
As granadas do bom senso são inúteis
As crenças, os credos e os crentes
Todos creem no que se deve crer
Nos litígios, nas disputas e nas lides
Os que discordam têm a mesma opinião
O óbvio no calibre de milhões de gritos
Seria abafado num só sussurro
Jogo de xadrez com reis da mesma cor
O xeque-mate só vale para um lado

A parreira e o tempo

A soma dos esforços
Desperdiçados dos
Vencidos, seus destroços

Os heróis plebeus do
Coliseu, o inapelável
Sinal do Imperador

A turba ensandecida
Seus apetites ensanguentados
As glórias dos urros e os

Aplausos não fotografados
Pelos turistas no Coliseu
Porque só restam a cinza das fúrias

E as ruínas das vitórias
E a História que ensina
Que todos embarcaram

Na balsa de Caronte
Foram recebidos por
Cérbero que ainda vivia

Mas até as deidades pagãs
Conheceram a morte
E tiveram no fim a sorte

De novamente ter
Mais vergonha da parreira
Do que da nudez

Século XXII

Quando nascemos, herdamos
Uma acumulação de impotências,
Os trapos de uma cidade em
Ruínas de pé e outras decadências

Quando nascemos, herdamos a amnésia
De civilizações mortas cujas leis
Dariam sustento ao que não se sustenta
Em nossa civilização

Quando nascemos, herdamos tecnologias
Inalcançáveis para nossos antepassados
Inalcançáveis para os ultrapassados
Pela linha da existência

Quando nascemos, engordavam-se muitas fomes
Filhas de pilhas de outras fomes

Com vários nomes e com pronomes
Compulsivamente possessivos

Quando nascemos, herdamos muitos cadáveres
Nasceram mortes matadas e morridas
Por ódios e utopias varridas
De todo amor e razão

Quando nascemos, não herdamos mais Camões
Nem outras erudições. Herdamos o mundo
Que mudou no tempo sem se mudarem
As suas vontades

Outlier

Nalgum eco do infinito, as superstições da álgebra
Aritmeticamente somam o mais selvagem absurdo
Cientistas repetem em laboratório a inexistência de Deus
Cientistas aprimoram em laboratório o protótipo de Adão
Cientistas preparam em laboratório o Além–Homem
O Além–Darwin, o *outlier* da Teoria da Evolução
O Mais que Homem, o Geneticamente menos Desumano
E mais perfeitamente Homem do que todos os homens
Mais indefensavelmente perfeito do que todos os atletas
arianos
Diabolicamente são, hipérbole em carne e osso e sangue
e genes
Dialeticamente são, ecologicamente recomendado para as
gerações futuras
Ah, século XIX, se ainda estivesses vivo, verias com
satisfação

O teu sonho, o teu objetivo, o teu filho, o teu prodígio, o
teu intemporal eu
Nascendo, crescendo, sendo, vivendo, suplantando,
conquistando
Ah, século XX, para que tanta matança desnecessária
Desnecessário era nascerem tantos
Trespassados de euforia, os cientistas
Comemoram a salvação do Homem
E a própria extinção

Posfácio da História

Desde a ucasse de Fukuyama, entramos no posfácio da História
Nenhum dos acontecimentos atuais tem importância
Principalmente este poema
A poesia já foi desinventada
Melhor, é uma viúva solitária visitada por vates mais solitários
Que escrevem somente uns para os outros
Lobos uivando num vale sem lua
Versos que suplicam *likes*
Como se ainda fosse possível poesia
kkkkkk
Stop
Desta vez não foi o automóvel que parou

– Esfera espiritual –

Se fôssemos anjos

Se fôssemos anjos, não seríamos deste mundo
Se fôssemos anjos, viveríamos com os demais anjos
Mas não o somos

Se fôssemos anjos, os outros seriam o que deveriam ser
E não o fim do que foram em nossas vidas
Se fôssemos anjos, não dosaríamos cada carinho
Com o espinho da ingratidão que nos espreita

Se fôssemos anjos, não precisaríamos rever
Passo a passo nosso passado, para saber
Qual ponto, qual vírgula, qual exclamação
Causou nossa expiação

Se fôssemos anjos, viveríamos com os demais anjos
Um beijo seria um beijo, um elogio seria um elogio
Aliás, se fôssemos anjos, não haveria elogios

Se fôssemos anjos, não nos preocuparíamos
Com os ecos de nossas falas
Eles não esbarrariam em Medusas
Suas flores seriam flores, e não pedras

Se fôssemos anjos, seriam outros os cadáveres de nossas
intenções
Não estaríamos no varejo de mesquinharias
Nem feriríamos nossos pés em tapetes de ódios
Nem na noite orvalhariam cicatrizes
Se fôssemos anjos

Se fôssemos anjos, não seríamos deste mundo
Se fôssemos anjos, viveríamos com os demais anjos
Mas não o somos

O único caminho

A mais poderosa medicina
O mais eloquente discurso
Nenhum deles é remédio
Que abale a acomodação
Desta lucidez

Todos os caminhos levam
A uma escada para o medo

Mundo de apenas um sol
Onde estarás quando estiverem
Ressecadas todas as certezas e
Todos os destinos possíveis se encontrarem
Em apenas um epílogo?

No ensejo de mil silêncios

No ensejo de mil silêncios
No cio de um enigma

No ensejo de mil silêncios
No cio de um enigma
Uma véspera se inaugura
No caminho de tudo
Que ruma ao nada

No caminho de tudo
Que ruma ao nada
Borda de um infinito tombo
Onde termina a queda
Que começa o fim

Onde termina a queda
Que começa o fim

O último fiel

Removi a viga da realidade
Da desordem que a sustenta
Ressuscitei deuses mortos
Pela descrença dos fiéis
Na proximidade do inconhecível
Um arsenal de impossibilidades
Estava disponível ao meu desejo
As intimidades de Afrodite
Os tesouros roubados por Poseidon
A boa vontade das flechas de Cupido
As metamorfoses de Zeus
Genuflexos, os deuses propuseram-me até
A revogação dos pecados
A aristocracia das divindades
Bajulava-me incessantemente
Eram todos reféns
Da minha credulidade

Todas receavam voltar a ser
Imortalidades dizimadas
Pela apostasia de um mortal

Inferno

Nem uma só verdade resplandece
Neste verão sonhado por abutres
Mário Faustino

Hoje a noite nasceu incompleta
Falta-lhe a lua que não veio
Falha-lhe o escuro mais escuro
Do que o costumeiro escuro
Que a presença da lua alivia
Hoje é noite de muitos discursos
Muitos discursos porque discursarão
Os infames, os desprezíveis terão o púlpito
Para disparar palavras implacáveis
Muitas palavras serão resumidas
Em placas e lápides que blasfemarão
Terão plateia grande de grandes nomes
Com pequenos predicados e grande fama

Suas mentiras serão atiradas no alvo
Da eternidade e tombarão pouco antes
Do fim do que se chama humanidade
Hoje o galo cantará pela quarta vez
Porém ninguém ouvirá o galo que
Cantará uma vez a mais que a profecia
Hoje a vergonha estará nua desfilando
Pelo milésimo século após o início de
Não se ter mais vergonha de ser vergonha
Hoje todas as orgias são obrigatórias
Todas as orgias terão cartão de ponto
Na porta de entrada para atestar a
Chegada de todos que não querem vir
E ouvir os discursos das orgias
Mas todos beijarão os elogios
Das orgias onde todos os vinhos
Sem exceção os vinhos são impuros
Os vinhos de hoje estão poluídos
Nos cálices os vinhos sujos brindarão
A sobriedade dos ébrios que festejam
Por terem se convencido da morte de Deus
Por terem descoberto que todas as leis
Humanas foram revogadas e não há mais
Crimes que possam ter algum castigo

Todos enfim poderão ser Napoleões
E subjugar nações com exércitos impiedosos
Com mortes que nada significam com corpos
Que serão empilhados em valas fundas
Todos enfim serão coroados como Césares
Cada qual com seu império insubmisso
A ser governado sem leis que o governem
Com Bruto e Cássio e outros conspirando contra
Os que governam o nada mas só os magros
Devem ser realmente temidos só os magros
Têm apetites controlados e por isto são magros
Só os magros controlam-se por serem insatisfeitos e
Têm apetites insatisfeitos e por isto são magros
Hoje as conspirações levedam com maior fúria
Hoje muitas conspirações estão no cio e no céu
Há quadraturas favoráveis a todas as conspirações
As conspirações se digladiarão na arena e as
Conspirações mais fracas serão lançadas às feras
E haverá um porteiro em cada saída da arena
Eles não permitirão por eternidades que os gladiadores
Desarmados fujam da arena entrando nas portas
De saída cada porteiro só permitirá que sejam
Saciados os apetites de todas as feras pois não haverá
Leis nem deuses que protejam de qualquer fera

Purgatório

E canterò di quel secondo regno
dove l`umano spirito si purga
e di salire al ciel diventa degno

Ora, o segundo reino vou cantar
onde a alma humana purga-se e auspicia
torna-se digna de ao céu se elevar
Dante Alighieri, tradução de Italo Eugenio Mauro

Hoje é um dia nublado de demoras
Não há sol por detrás das nuvens. Há Ele
Esgotaram-se os álibis do mundo, e não há tempo
Não há tempo para desculpar-se, não há tempo para
retornar
Não há tempo para explicar-se, simplesmente não há
tempo...
Aqui se terá tempo demais, séculos multiplicados por
séculos

Nossos dias não têm horas. Nossos dias são divididos em eternidades

A eternidade do pranto, entornados em tonéis que serão misturados às águas dos dilúvios que ainda hão de encharcar a Terra

A eternidade do lamento, em gritos escarlates capazes de ressuscitar mais de mil vezes as pragas do Egito.

A eternidade do arrependimento, pelo que fizemos, pelo que deixamos de fazer, pelo que queríamos fazer e não conseguimos, pelo que apenas desejamos fazer, por tudo isto que não faríamos de novo

A eternidade do alívio, pacientes que esperam pacientes a cura da enfermidade mais forte do que todas as enfermidades dos viventes

A eternidade da misericórdia, quando todos os clarins divinos abrirão as nuvens que nublam o dia de hoje, para a glória verdadeiramente eterna

Lastimam-se os presentes: o pouco que falta em muito resulta

Consolam-se os presentes: o pouco que excede em muito alivia

Daqui se ouve o que se reza em vida

Daqui se ouve o que se martiriza em plano inferior

Daqui se ouve o que se delicia em plano Superior

Daqui se ouve a seresta da agonia deste plano

Daqui se ouve a festa da epifania do fim deste plano

Daqui se escuta cada chaga que lateja em nossa pele

Não fomos chamados, mas não fomos condenados

Não fomos chamados, mas não fomos esquecidos

Não fomos esquecidos, e quase fomos condenados

Somos a deriva exata da morte, a seta que não acerta o
alvo e não se perde

Somos dardos que serão arremessados de novo, atraves-
sando a ponta da agulha em cima de um camelo

Dias póstumos, em que a salvação está perto e se aperta o
sofrimento

Dias póstumos, em que o sofrimento se consome até se
consumar a salvação

Dias póstumos, em que os soluços se constroem nos
mármores ainda incompletos

Dias póstumos, em que todos os dias são de preceito

Teremos a eternidade, mas hoje só temos dias eternos

Teremos nossa Hora, mas hoje todas as horas conspiram
contra nós

Aqui se completa a coragem de temê-Lo

Aqui se completa a humildade de se ajoelhar

Aqui é sempre inverno

Aqui é sempre véspera de primavera

Aqui é sempre eclipse

E a porta é o luto dos eclipses

Aqui há centauros em todas as portas

Para que não entre quem não foi chamado

Para que não saia quem não foi chamado

Para que só saia quem está na Hora

E as nossas horas se foram, mas não foram horas totalmente perdidas

Perdemos horas e por isso teremos muitas horas para a nossa Hora

E há anjos além da porta, cujas vozes superam todos os concertos de Bach

Aqui é sempre hora de orar, é sempre hora de meditar

Aqui é sempre hora de expiar, é sempre hora para se desculpar

Aqui Desdêmona beijaria Otelo e o levaria no colo até a porta, se ele tivesse paciência

Mas Otelo se agarrou a Iago, e o enforca eternamente

Aqui estamos no mais bissexto dos anos

Aqui estamos com o mais triste bispo

Que salvou a muitos e por isso por pouco se salvou

Aqui, neste cárcere menor e mais aflitivo que todos os cárceres da Terra

As labaredas do fogo acariciam nossas peles

Aqui o lobo morde, mas não mastiga nossas carnes
Aqui se encerrará o castigo de Sísifo
Daqui, o eco de nossos brados esvaziará no Dia todos os
lupanares do mundo
Ao fundo, Robespierre ainda derrama em vão
Catilinárias contra os nossos nomes

Catequese do silêncio

Do nada se ergueram agonias
Que laceram o peito com suas
Indecifráveis torres de incertezas
Chagas que florescem no espírito
Jardinam um claustro de desesperança
De assalto, o medo se abrasa
A correnteza afasta da margem segura
O torvelinho da angústia atinge
O seu ápice, e de repente se ouve
A catequese do silêncio, com o elixir
Nos braços pregados que nos abraçam

Mistérios e Matrioscas

Cada mistério parece-se com a boneca russa
Chamada Matriosca
Dentro de cada boneca, há outra menor
Até chegar-se à menor delas
Só que dentro de cada mistério
Há outro maior
Até chegar-se ao maior deles

(Des)Entendimentos

Só entende os sotaques do silêncio
Quem já sofreu sob a camuflagem de muitas calmas

Só entende os motivos das cinzas
Quem sente o calor de clarões apagados

Só entende a furiosa coragem dos suicidas
Quem já acordou de surpresa na orla do caos

Só entende a ávida serenidade das renúncias
Quem percebeu o ressentimento do diabo

Só entende os pecados de Deus
Quem entendeu as alíneas de Sua Palavra

O Julgamento

Vendido por trinta moedas de prata
Por um traidor que se arrependeu
Pela pior forma de arrepender-se

Preso na noite de celebração da *Pessach*
Foi levado a julgamento no Sinédrio
Foi condenado pelo excesso de inocência

Condenado à morte por quem
Não poderia condenar à morte
Só Roma poderia executá-la

Levado perante a autoridade romana
Com a sentença de morte já proclamada
Pelo pontífice de Roma foi interrogado

O pontífice interrogou do que
Seria culpado aquele inocente
Descobriu que ele era da Galileia

Entre a audácia de ser justo
E a petulância de ser injusto
O juiz foi minusculamente covarde

O réu foi enviado para a Galileia
Para ser julgado por outra autoridade
Que o devolveu com túnica branca

Diante da inocência do condenado, o juiz
Castigou-o para justiçar a sua absolvição
E o pôs lado a lado com outro condenado

Entre duas culpas: a de ser culpado e a de ser inocente
A multidão indultou a culpa do culpado
E o julgador tornou-se cúmplice da súcia

Lavou as mãos e manchou a consciência
Lavou-se e sujou-se na culpa
Condenou à morte quem deu a vida

Pela covardia, o juiz foi condenado
Não sabia que estava condenando
O único réu capaz de absolvê-lo

O arrependimento do diabo

Segui o itinerário do desconhecido
Desembaralhando palavras no papel
Passei pelo mofo das saudades
Pela morfina da esperança
Desafiei a máfia dos assombros
Escondidos em algum recôndito
Labirinto de percepções
Tudo se revelou e pouco se disse
Muito se confessou e nada se perdoou
A garrafa foi lançada ao mar
Um náufrago fala ao mundo
Mas só encontra outros náufragos
Antes poetasse na língua dos peixes
Antes pregasse aos tubarões
Que nada temem (somente os arpões)
Antes versejasse aos selvagens
Tementes apenas da civilização que

Tendo se cimentado na razão
Pisa na razão (e na verdade)

O embalsamento de sensações
Na tumba do poema
Faz com que elas atravessem séculos
A múmia respira
Ainda que os cães ameacem com latidos
Ela já é permanência
Átomo no vitral da eternidade
Algum dia após o fim do que se chama mundo
Algum querubim lembrará
O que disse um poema
Algum demônio cobrará
O que não se disse no poema
Algum poeta será julgado
Pelo que disse e pelo que não disse

O poema encarcera palavras
Para libertar fantasmas
Neste comércio de liberdades
Tenta-se, como no afresco
Tocar o dedo de Deus
E versejar todos os motivos
Do arrependimento do diabo

Mas não há arrependimento

Só versos à deriva

E um náufrago

Sem selvagens para civilizar

E um mar

Sem peixes para se pregar

E um poeta

Sem versos para se consagrar

E algo não dito

Que só o diabo sabe

Da eloquência das lápides

Todos os verbos já foram conjugados
Chegaste à única mansarda do caminho
Em que não depositavas fé de cristal
O epitáfio na tez da eternidade sela o encontro
Na única vez em que não poderias te ausentar
Onde estás, é possível costurar impossíveis
Nesta realidade mais real e mais fantástica
Quando te encontrares diante das três Faces da Face
Verás teu Advogado como Juiz de tua causa
E terás toda a Paixão da imparcialidade

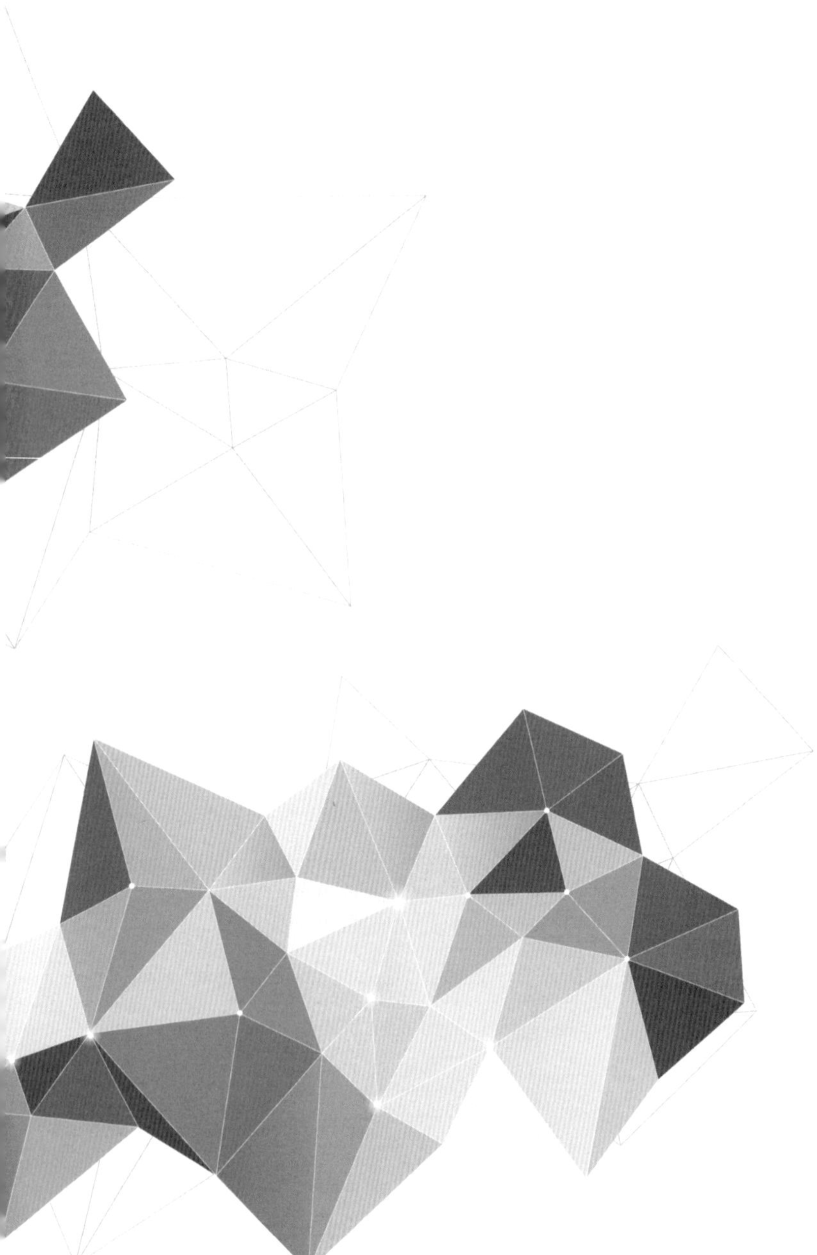

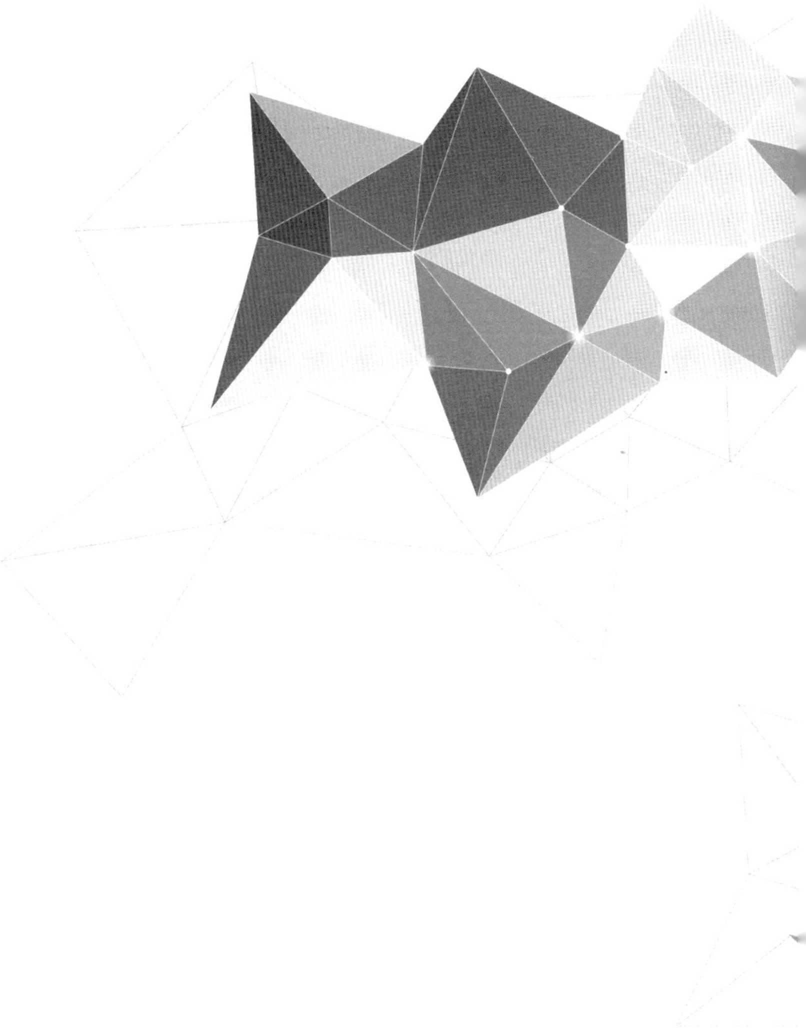

FONTE: Ahellya
IMPRESSÃO: Paym

#Talentos da Literatura Brasileira
nas redes sociais

novo século®
www.novoseculo.com.br